O LIVRO DAS COISAS CARAS

Andréia Vieira

1ª edição - São Paulo - 2024

PALAVRA

Pare, pense e diga:
quais são as coisas
mais caras da vida?

"Aaah, tem umas

beeeem legais!!!",

você pode me dizer.

Há dois tipos de coisas caras:

As que custam
muito dinheiro,
que podem variar
no mundo inteiro.

E as que são caras
porque todos
podem ter apreço.
Será que estas
também têm preço?

Como se calcula o amor?
Somando ou subtraindo,
multiplicando ou dividindo?

Você prefere pagar
o afeto de uma só vez
ou parcelar em
doze beijinhos,
um em cada mês?

É caro dar carinho?

É caro distribuir gentileza
ou isso enriquece
quem faz tal despesa?

Quanto rende por mês
o tempo de quem
dos livros é bom freguês?

Quanto é que é:
fruta no pé,
perfume de mangueira,
uvaia, goiabeira?

Chuva na mata,
rio com peixinhos,
vento fresquinho?

Quanto custa
o *show* de um
passarinho?

Tão rico é ver os bichos livres,
aproveitando a vida na natureza!
Mudarmos para melhor o mundo,
protegendo suas belezas.

As melhores ofertas
são as que a vida oferta!
Você já reparou que
as coisas cheias de graça
são todas de graça?

Quanto é que é:
pés na natureza à vontade,
amizade sem prazo de validade?

Quantos por cento
fica a vida enriquecida
ao cuidar de uma
plantinha esquecida?

Quanto é que cobra o céu estrelado
para deixar seu coração constelado?

Então, agora que pensou, me diga:
quais são as coisas mais caras da vida?

Olá!

Meu nome é Andréia Vieira. Sou artista visual e paulistana. Faço ilustrações, escrevo livros e também trabalho como arte-educadora. Comecei a desenhar quando criança e nunca parei! Fiz da minha diversão uma divertida profissão!

Um dia estava trabalhando e olhei com ternura para a minha cachorrinha que adormecia docemente ao meu lado. Fiz carinho nela e pensei: para que serve um cachorrinho? A pergunta, um pouco estranha, era uma reflexão de que ela é tão cara, tão preciosa, que isso já bastava como motivo para ela estar aqui na Terra.

Já reparou o quanto é comum atribuirmos
uma função para tudo?
Para que serve uma vaca? – Para dar leite!
Para que serve a bananeira? – Para dar banana!
Mas será mesmo?

Foi assim que vieram mais perguntas na minha cabeça e, como a curiosidade é das coisas mais caras que me move, continuei a escrever e também a brincar com termos financeiros, aproveitando para refletir sobre como consumimos o mundo e como nos relacionamos com outras pessoas e outros seres vivos. Afinal, cada vida tem seu valor e é importante que seja respeitada.

As coisas mais caras da vida para mim?
Meus pais, meu irmão, minha cachorrinha Juju,
meus amigos, a arte e a natureza.

Para quem dedico este livro?
Para Juju. E a vocês, caro leitor e leitora querida!
Espero que este livro os instigue a
repensar o mundo e a vida.

Antonela Cleina

O livro das coisas caras
© Andréia Vieira, texto e ilustrações, 2024.
© Palavras Projetos Editoriais Ltda., 2024.

Responsabilidade editorial:
Ebe Spadaccini

Edição:
Denis Antonio
Vivian Pennafiel

Preparação:
Fabio Weintraub

Revisão:
Beatriz Pollo
Patrícia Murari
Simone Garcia

Diagramação:
Gustavo Abumrad
Walmir Santos

Produção gráfica:
Isaias Cardoso

Impressão e acabamento:
Gráfica Printi

1ª edição – São Paulo – 2024

PALAVRAS

Todos os direitos reservados à Palavras Projetos Editoriais Ltda.
Rua Padre Bento Dias Pacheco, 62, Pinheiros
CEP 05427-070 – São Paulo – SP
Telefone: +55 11 2362-5109
www.palavraseducacao.com.br
faleconosco@palavraseducacao.com.br

Dados Internacionais de Catalogação na Publicação (CIP) de acordo com ISBD

V658l   Vieira, Andréia

O livro das coisas caras / Andréia Vieira; ilustrado por Andréia Vieira. – São Paulo: Palavras Projetos Editoriais, 2024.

48 p. : il ; 26cm x 19,5cm.

ISBN: 978-65-6078-034-7

1. Literatura infantil. I. Título.

	CDD 028.5
2024-578	CDU 82-93

Elaborado por Odilio Hilario Moreira Junior - CRB-8/9949

Índice para catálogo sistemático:
1. Literatura infantil 028.5
2. Literatura infantil 82-93

Este livro foi composto com fonte Minion Pro, impresso em papel offset 120 g/m², pela gráfica Printi, em junho de 2024. Para fazer este livro, a autora usou materiais que ama e são muito caros para ela: lápis, tinta acrílica e giz pastel oleoso sobre papel de aquarela 300 g.